Analyse de l'œuvre

Par Thibaut Antoine

Les Royaumes du Nord

de Philip Pullman

lePetitLittéraire.fr

Les Royaumes du Nord

de Philip Pullman

Rendez-vous sur lepetitlitteraire.fr et découvrez :

Plus de 1200 analyses
Claires et synthétiques
Téléchargeables en 30 secondes
À imprimer chez soi

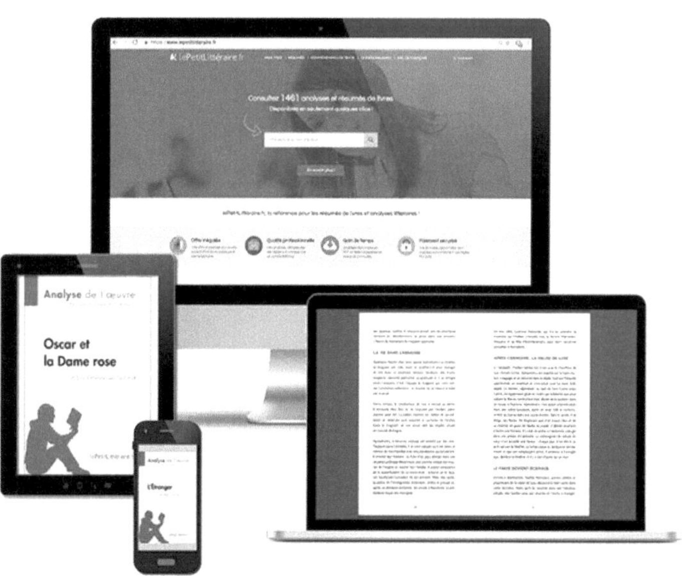

PHILIP PULLMAN

ÉCRIVAIN ANGLAIS

- **Né en 1946 à Norwich (Angleterre)**
- **Quelques-unes de ses œuvres :**
  - *La Tour des anges (À la croisée des mondes – tome 2, 2000)*, roman
  - *Le Miroir d'ambre (À la croisée des mondes – tome 3, 2001)*, roman
  - *La Belle Sauvage (2017)*, roman

Le père de Philip Pullman, pilote de la *Royal Air Force*, est affecté en Afrique alors que l'écrivain est enfant. La famille y passe quelques années, mais à la mort du père, sa mère décide de rentrer en Angleterre. Philip est marqué par la figure de son grand-père, un ecclésiastique anglican, grand conteur à qui il doit son goût de la narration.

Il étudie la philologie à l'Université d'Oxford. À partir des années 70, il commence à enseigner et écrit des pièces de théâtre pour ses élèves, puis obtient, dans les années 80, une chaire à Oxford et à Westminster. Après la publication de *La ma-*

lédiction du rubis (1986), il se consacre à l'écriture.

Passionné par les contes, il écrit principalement pour la jeunesse (mais pas exclusivement), mais ne se considère pas comme un « écrivain » : ce terme lui semblant inapproprié, il dit « écrire des histoire » (présentation de l'auteur, p. 503).

Il est aujourd'hui un des auteurs jeunesse les plus lus au monde.

LES ROYAUMES DU NORD (À LA CROISÉE DES MONDES — TOME 1)

PREMIER VOLET D'UNE TRILOGIE INITIATIQUE

- **Genre :** roman
- **Édition de référence** : *Les Royaumes du Nord. À la croisée des mondes (tome 1)*, traduit de l'anglais par Jean Esch, Paris, Gallimard Jeunesse, 2007, 500 p.
- **1ʳᵉ édition :** 1995
- **Thématiques :** Fantasy, roman initiatique, magie, adolescence, *steampunk*, mondes parallèles

Les Royaumes du Nord (*Northern Lights* dans sa version originale britannique) est le premier volume de la trilogie *À la croisée des mondes*. Roman initiatique, il s'inscrit dans le courant de la fantasy jeunesse.

Il retrace les aventures de Lyra, une jeune fille de onze ans qui part vers le Grand Nord, pour y sauver son ami Roger, enlevé par les mysté-rieux Enfourneurs. Il a pour cadre « un univers semblable au nôtre – mais différent en bien des points. » (p. 7)

Le livre, bien que critiqué à sa sortie par les milieux catholiques conservateurs, a connu un grand succès. Traduit en 40 langues, avec près de 20 millions d'exemplaires vendus, c'est le deuxième plus grand succès du genre fantasy jeunesse, après la saga *Harry Potter*.

Les Royaumes du Nord ont été adaptés au cinéma (*À la croisée des mondes : La boussole d'or*, 2007), au théâtre, en pièce radiophonique, en bande dessinée et en jeu vidéo.

RÉSUMÉ

L'histoire commence en Angleterre, à une époque qui pourrait correspondre à la deuxième moitié du XIXe siècle (époque victorienne). Lyra, onze ans, jeune fille blonde et intrépide, peu portée sur la propreté, grandit dans la ville d'Oxford à Jordan College, où elle est instruite, plus qu'élevée, par les Érudits, une confrérie de théologiens. Ceux-ci, et en particulier le Maitre, sont chargés de l'éducation de la jeune fille, car ses parents seraient morts dans un accident aérien. Lyra découvrira la vérité plus tard : assoiffés de pouvoir et de reconnaissance, ils ont préféré abandonner leur fille pour privilégier leurs propres intérêts.

Lyra est toujours accompagnée de Pantalaimon, son dæmon : dans le monde de Pullman, tout être humain est lié à un animal qui le suit partout et peut changer de forme en fonction des circonstances. Avec Roger le marmiton, son meilleur ami, elle est une des seules enfants à vivre dans l'établissement. Peu obéissante, elle passe son temps à errer dans la ville avec sa bande d'amis. Mais de mystérieux kidnappeurs d'enfants, surnommés les Enfourneurs, sévissent dans la région et les disparitions se multiplient. Un jour, c'est au tour de Roger d'être enlevé.

Cachée dans un placard lors d'un conseil d'Érudits, Lyra assiste à la présentation de Lord Asriel, un grand explorateur revenant d'une mission dans le Nord. Il est présenté comme son oncle, mais se révèlera être son père. Il expose à ses confrères ses découvertes sur la Poussière, une mystérieuse particule, ainsi qu'une photographie de l'Aurore, un phénomène céleste grâce auquel il est possible de voir une cité qui se situe dans un autre monde.

Mme Coulter, une exploratrice à la tête du Conseil d'Oblation, est en visite à Jordan College. Elle insiste pour engager Lyra comme assistante et l'emmener à Londres. L'enfant est charmée, se réjouissant de découvrir le monde. Et elle sait déjà que Londres n'est qu'une étape de son voyage vers le Nord, pour sauver Roger. Avant de partir, le Maitre lui a remis l'aléthiomètre, un objet magique, sorte de boussole à symboles qui, comme son nom l'indique (*alétheia* : vérité ; *mètre* : mesure), lui permet de lire la vérité. Une phrase interrompue, dans laquelle le Maitre évoque Lord Asriel, hantera Lyra pendant tout le roman. Elle interprétera ces mots comme une mission : remettre l'aléthiomètre à son père.

Après quelque temps passé à idéaliser la belle et puissante Mme Coulter (qui, elle l'apprendra plus tard, est en fait sa mère), Lyra découvre des aspects sombres de sa protectrice et commence à s'en méfier : elle est en effet à la tête des Enfourneurs (le Conseil d'Oblation, dont nous parlerons en détail plus loin).

Lors d'une soirée organisée par le Conseil d'Oblation, la jeune fille surprend une conversation entre les convives : Lord Asriel serait retenu prisonnier à Svalbard, dans le Nord, par les panserbjornes, des ours en armure réputés invincibles. De plus en plus méfiante vis-à-vis de Mme Coulter (l'héroïne apprendra plus tard que sa mère est, entre autres complots, à l'origine de la captivité de Lord Asriel), Lyra décide de s'enfuir.

Elle est aussitôt poursuivie et sauvée par trois gitans, qui l'accueillent dans leur communauté. Ma Costa s'occupe d'elle comme sa propre fille, et pour cause, elle était sa nourrice quand la jeune héroïne a été abandonnée par sa mère.

Ils rejoignent Fens, où se tient un grand rassemblement de milliers de gitans qui a pour but d'organiser une expédition vers le Nord afin de retrouver les enfants enlevés par les Enfourneurs. En dehors, une chasse à l'homme s'organise pour retrouver Lyra. Les gitans la cachent et l'expédition embarque pour le Nord. Lyra découvre ses talents pour la navigation. Farder Coram et John Faa, le chef des gitans, lui révèlent qui sont ses vrais parents.

Le convoi arrive dans la ville de Trollesund, en Laponie. Lyra, Farder Coram et John Faa y rencontrent le consul Lanselius qui leur indique où se trouve la sorcière Serafina Ladakka, qui pourra les aider dans leur quête, celle-ci ayant une dette envers Farder Coram. Le consul leur explique également qu'une organisation nommée la Compagnie d'Exploration du Nord, sous prétexte de chercher du minerai, est en réalité contrôlée par le Conseil Général d'Oblation. Cette compagnie capture des enfants et les retient prisonniers pour pratiquer l'« intercision » : un procédé qui permet de séparer les enfants de leur dæmons.

Le consul les met aussi sur la piste de Iorek Byrnison, un ours exilé à qui l'on a volé son armure. Quand Lyra retrouve l'armure de Iorek, celui-ci retrouve sa dignité et accepte de les accompagner pour les protéger.

La caravane repart en direction du Nord. Le dæmon-oie de la sorcière Serafina Ladakka apprend à Lyra que les chercheurs de Poussière opèrent dans une Station Expérimentale à Bolvangar (« les Champs du Mal »).

Lyra, de plus en plus à l'aise avec l'aléthiomètre, le consulte : il lui signifie que, non loin de l'itinéraire de la caravane, se trouve un village hanté par le fantôme d'un enfant. Elle part avec Iorek à destination du village où elle trouve Toni, un petit garçon recroquevillé, privé de son dæmon. On le dit « mutilé », : victime de l'intercision, il a été séparé de son dæmon. Elle le ramène à la caravane, mais il meurt dans la nuit.

Les Samoyèdes attaquent la caravane, Lyra est capturée. Ceux-ci la livrent aux Enfourneurs. Elle est emmenée à la Station Expérimentale de Bolvangar où elle retrouve Roger.

Prisonnière à Bolvangar, Lyra pénètre dans une pièce où elle découvre des dæmons enfermés dans des cages de verre. Grâce à l'aide de l'oie, le dæmon de la sorcière Serafina Ladakka, elle parvient à les libérer. Mme Coulter arrive à Bolvangar à bord de son zeppelin. Lyra se glisse dans les plafonds pour espionner une réunion : les dirigeants de la Station évoquent une nouvelle technique de séparation de dæmons et des enfants : la guillotine. Lyra se fait repérer et est emmenée pour être séparée de Pantalaimon. La guillotine est prête à les séparer quand Mme Coulter intervient pour interrompre le procédé.

Mme Coulter veut s'emparer de l'aléthiomètre. Lyra lui donne alors une boite confectionnée par Iorek, dans laquelle était emprisonnée une mouche-espion, qui fonce sur le dæmon de Mme Coulter. Celle-ci déstabilisée (les contacts sur un dæmon étant ressentis physiquement chez son humain), Lyra en profite pour s'échapper et déclencher l'alarme incendie, ayant observé lors d'une simulation la très mauvaise organisation du personnel. Tous les enfants s'échappent de la Station. Marchant de nuit, dans la neige, ils sont rattrapés par les Tartares, des guerriers nomades vivants dans le Nord, eux-mêmes aussitôt attaqués par les sorcières et par Iorek. Puis Lee Scoresby, un aéronaute et ami de l'ours, vient les sauver en ballon. Après une bataille mêlant Tartares, gitans, sorcières et Enfourneurs, Lyra prend la fuite avec Roger et Iorek à bord du dirigeable.

Ils s'envolent vers le Nord, tirés par Serafina Ladakka, en direction de Svalbard, la forteresse des panserbjornes réputée imprenable. Mais une tempête survient et Lyra est éjectée du ballon. Elle se fait capturer par des ours en armure et emprisonner dans la forteresse.

Enfermée dans un cachot, elle demande à voir Iofur Raknison, le roi des ours, qui accepte de la rencontrer. Iofur, assis sur son trône avec une grande poupée de chiffon sur les genoux, rêve d'être un homme et d'avoir un dæmon. Lyra lui dit qu'elle-même est le dæmon de Iorek Byrnison et qu'elle veut devenir celui du roi. La seule façon de le devenir serait que celui-ci tue Iorek lors d'un combat singulier. Elle évite ainsi à Iorek d'être tué par l'armée des ours. Ceux-ci, le voyant arriver, le laisseront entrer à l'intérieur du palais pour combattre Iofur.

Iorek est aperçu au loin par les sentinelles. Lyra demande à le rejoindre pour lui annoncer qu'il devra se battre contre Iofur. Il la remercie, car il rêvait depuis longtemps de cet affrontement, et la surnomme alors Lyra Parle-d'or. Au terme d'un combat violent, Iorek tue Iofur et devient roi des ours.

Lyra, accompagnée de Roger, de Iorek, et de quelques autres ours, part à la recherche de Lord Asriel, retenu prisonnier en haut d'une falaise dans une maison luxueuse. En tant que prisonnier considéré comme politique, il bénéficie de tous les soins qu'il exige. Lyra entre dans la demeure avec Roger et Iorek, dans l'intention de remettre l'aléthiomètre à Lord Asriel. Celui-ci, se pensant dans l'incapacité d'utiliser l'objet sans le manuel, le laisse à Lyra (qui sait l'utiliser grâce à sa seule intuition).

Lord Asriel enlève Roger : il a besoin de l'énergie qui se propage lors de la séparation de l'enfant avec son dæmon pour pouvoir créer un pont vers l'autre monde, celui que l'on voit par transparence pendant l'Aurore.

Lyra et Iorek partent à la poursuite de Lord Asriel. Ils se font attaquer par des sorcières, puis rattraper par Mme Coulter. Les ours s'occupent de combattre Mme Coulter, accompagnée des Tartares. Lyra continue sa poursuite avec Iorek. Leur course est interrompue par une crevasse, que seul un pont fragile permet de traverser. Iorek, trop lourd, doit renoncer à l'accompagner. Lyra continue donc seule. Elle rejoint Lord Asriel, en train de préparer la séparation de Roger et son dæmon. Roger meurt. Lord Asriel et Mme Coulter, qui les a rejoints, s'embrassent comme deux amants. Mme Coulter refuse de suivre Lord Asriel qui s'évade dans l'autre monde. Lyra décide de le suivre pour entrer dans le ciel de l'Aurore...

ÉTUDE DES PERSONNAGES

LYRA BELACQUA (LYRA PARLE D'OR)

Lyra est une jeune fille blonde aux yeux clairs. Elle est fluette et petite pour son âge. Ses cheveux et ses ongles sont souvent sales.

Dans *Les Royaumes du Nord*, les passages qui racontent les aventures de Lyra sont en focalisation interne. Le lecteur suit sa progression à travers les yeux de l'enfant. Mais le narrateur alterne les points de vue, introduisant des passages en focalisation zéro pour donner au lecteur des informations dont Lyra n'est pas consciente et qui accentuent la tension dramatique. Par exemple, une discussion entre le Maitre et le Bibliothécaire, dont Lyra est absente, nous apprend que son rôle dans l'avenir du monde est capital, mais qu'elle ne doit surtout pas en avoir conscience (p. 47).

Son nom de famille, Belacqua, renvoie à un personnage de la *Divine Comédie* de Dante : chez le poète italien, Belacqua compte parmi les « indolents », ces âmes qui sont dans l'incapacité de choisir et d'agir entre le Bien et le Mal.

Lyra est la fille d'une relation adultère entre Marisa Coulter (Mme Coulter) et Lord Asriel. À sa naissance, elle a dû être cachée par sa mère car le mari de Mme Coulter, devant l'évidente ressemblance entre l'enfant et son père biologique, a tenté de l'éliminer. Lord Asriel, refusant de la confier au couvent, charge les Érudits du collège de son l'éducation.

Indisciplinée, elle passe son temps à jouer avec les enfants dans la rue, en particulier avec Roger Parslow, le marmiton de Jordan College. Elle s'intéresse peu au savoir théorique dispensé par les Érudits, mais sa relation au savoir est complexe : car sa curiosité pour la Poussière et l'autre monde la mènera à franchir l'Aurore, où l'attendent dans la suite du livre, bien d'autres dangers.

Elle est également très rusée : experte dans l'art de mentir, elle développera des facultés extraordinaires d'intuition, notamment dans son utilisation de l'aléthiomètre. Portée par son courage, elle représente, au sein de ce système totalitaire, l'élan révolutionnaire, soutenu par l'aspiration à la liberté.

LES DÆMONS

Dans le monde de Lyra, chaque être humain possède son dæmon. Prenant la forme d'un animal, il change d'apparence en fonction des situations. À l'entrée dans l'âge adulte, sa forme se fixe définitivement.

Entre dehors et dedans, entre l'autre et soi-même, le dæmon est comme une extension du personnage. La communication entre l'humain et son dæmon peut être verbale ou infraverbale (par exemple, il se fait tout petit quand le personnage est apeuré ; ou, dans l'autre sens, l'humain se sent touché quand son dæmon est touché par quelqu'un). À l'exception du cas des sorcières, humains et dæmons ne peuvent s'éloigner l'un de l'autre. Ils sont liés par un lien si fort que la menace d'être séparés les plonge dans une profonde détresse.

Une loi, « le grand tabou », interdit de toucher le dæmon d'un autre humain. Quand Lyra, à Bolvangar, se voit arracher Pantalaimon par les Enfourneurs, elle sent cette agression comme si « une main étrangère s'était introduite en elle » (p. 350).

Le projet du conseil d'Oblation est de séparer les enfants de leur dæmon car une fois « mutilés » ils sont semblables à des fantômes et ne représentent plus de danger pour le Magisterium.

Pantalaimon

Pantalaimon (que Lyra appelle « Pan ») est le dæmon de l'héroïne. Son nom est construit sur le grec avec Pan (« tout ») et éléïmon (« miséricordieux ») : c'est celui qui pardonne tout. Tantôt sous la forme d'une hermine pour la réchauffer, tantôt souris pour rester discret en se glissant dans sa poche, tantôt chat ou oiseau, il est son plus fidèle compagnon. Il lui est à tel point indissociable qu'il est difficile de lui donner un statut de personnage en tant que tel.

LORD ASRIEL

Lord Asriel est un homme de grande taille, aux allures de fauve, aux épaules larges et au visage « sombre et féroce » (p.23). Il dégage une telle force que personne ne peut le traiter avec condescendance (p. 24).

Lord Asriel, le père de Lyra, d'abord présenté comme son oncle, est un Érudit de Jordan College. Personnage solitaire et mystérieux, grand explorateur, il mène des expéditions dans le Nord. Pour financer un nouveau voyage, il expose aux Érudits de Jordan College l'avancée de ses découvertes sur la Poussière. Son projet est d'établir un pont pour accéder à cette cité visible seulement pendant l'Aurore (aurore boréale) : un univers parallèle, superposé au nôtre (dans les lumières du Nord, les particules électriques de l'Aurore rendent plus fine la matière de notre monde, et permettent de voir d'autres univers.) Sa quête spirituelle mégalomane le conduit sur les traces de « l'origine de la Poussière, de la mort, du péché, de la misère, du goût pour la destruction ». Il dit vouloir « tuer la mort. » (p. 475).

Au début du livre, le Maitre de Jordan College tente de l'empoisonner. Cet épisode nous met sur une fausse piste : en tant que potentielle victime, notre sympathie se tourne naturellement vers lui. Or, il se révèlera égoïste et sans pitié, notamment en tuant Roger, le meilleur ami de Lyra.

Personnage sévère et puissant, il exerce une fascination sur sa fille, qui fait les frais de son égoïsme. Elle dit ne pas l'aimer, pourtant, elle ne peut cesser de l'admirer, et quand elle apprend qu'il est emprisonné à Svalbard, la forteresse imprenable, elle fera tout pour le retrouver.

Bien qu'apparaissant seulement au début et à la fin du roman, Lord Asriel, à l'image de la fascination qu'il exerce sur Lyra, en est un personnage central. Il est l'objet de conversations entre les protagonistes, et surtout, c'est lui qui attise chez Lyra le désir d'en savoir plus sur la Poussière, et c'est vers lui que tend la quête de l'héroïne.

Son dæmon est un léopard, « fier, beau et meurtrier » (p. 475).

MARISA COULTER

Mme Coulter est décrite comme une jeune femme belle et mince, aux cheveux noirs et brillants.

C'est un personnage qui remplit plusieurs fonctions. Au début de livre, Lyra n'ayant vécu à Jordan College qu'auprès d'hommes d'un certain âge, ennuyeux et austères, éprouve une grande admiration envers cette femme venue de Londres pour la chercher. Elle voit en elle la mère qu'elle aurait voulu avoir – et qui se révèlera être réellement sa mère. Mme Coulter permet de lancer le voyage de Lyra.

À l'image de sa relation ambivalente avec Lord Asriel, qu'elle a fait emprisonner mais qui apparait comme le seul homme qu'elle est capable d'aimer, Mme Coulter sait user de ses charmes pour parvenir à ses intentions. Assoiffée de pouvoir, elle est prête à tout pour dominer. D'abord mariée à Edward Coulter, un homme politique ambitieux, elle dirige, à la mort de ce dernier, toute son énergie au service de son ambition : elle préside le Conseil d'Oblation. C'est cette deuxième facette, plus sombre, qui dominera désormais le personnage. Elle fomente divers complots : elle est par exemple à l'origine de l'exil de Iorek Byrnison, pour que règne chez les ours Iofur Raknison ; elle est à la tête du projet qui a pour but de séparer les enfants de leur dæmon ; et elle a fait emprisonner Lord Asriel, son amant. Avec Lyra, elle ne se montre pas aussi cruelle, mais semble nourrir des desseins obscurs.

Son dæmon est un singe au pelage doré, qu'elle utilise notamment pour capturer les enfants.

IOREK BYRNISON

Prince banni du royaume de Svalbard pour avoir tué un de ses congénères, Iorek Byrnison est un pansebjorne, un ours en armure à la force colossale. L'armure des ours est comparable au dæmon des humains : elle constitue leur essence spirituelle. Un ours sans armure (c'est le cas de Iorek quand Lyra le rencontre) est un ours déprimé, sans âme. Lyra lui permet de la retrouver, en échange de quoi Iorek suivra la jeune fille tout au long de ses aventures. Son armure est rouillée et cabossée, mais lui colle parfaitement à la peau, en contraste avec la belle armure des ours du royaume, et particulièrement celle de Iofur Raknison, son rival et roi de Svalbard, qu'il tuera dans un combat organisé à la suite duquel il prendra sa place.

Guerrier et forgeron, mais aussi très rusé (on dit que personne ne peut tromper un ours), Iorek permet à Lyra de surmonter nombre d'obstacles et la sauve à plusieurs reprises.

IOFUR RAKNISON

Iofur Raknison, est le roi des ours en armure de Svalbard. Son armure est luxueuse, mais il « rêve d'une autre âme » (p. 440) : son plus grand souhait est de posséder un dæmon. Les animaux n'en ayant pas, il a, pour pallier ce manque, confectionné une poupée de chiffon en forme d'homme. Le contraste entre un ours royal à l'armure clinquante et la poupée qu'il tient est singulier. Il évoque un enjeu principal du livre (et de l'adolescence), à savoir la transition non linéaire de l'enfance à l'âge adulte (l'individu « en passage » associe pêle-mêle des codes propres à l'enfance à d'autres, empruntés à l'âge adulte).

Iofur, voulant posséder un dæmon, fonctionne déjà comme un être humain. Pour cette raison, il est, contrairement à ses congénères, vulnérable à la ruse. Lyra en profitera pour le faire battre par Iorek.

LES GITANS

Ma Costa, Farder Coram, John Faa, sont les gitans qui recueillent Lyra et la protègent de la chasse à l'homme organisée par le Conseil d'Oblation.

Leur communauté a perdu beaucoup d'enfants, enlevés par les Enfourneurs. Ils sont un adjuvant essentiel à Lyra dans sa quête vers le Nord. Ils révèlent de nombreuses informations à Lyra sur son passé, notamment sur ses parents.

SERAFINA LADAKKA

Bien qu'il soit difficile de les catégoriser – certaines endossant le rôle d'adjuvantes, d'autres d'opposantes – les sorcières ne sont pas assimilées à d'affreuses vieilles femmes dans ce roman. Elles peuvent être jolies et restent jeunes, bien qu'elles puissent vivre plusieurs centaines d'années. Serafina Ladakka en est un exemple. Cette belle femme aux yeux verts apparait davantage comme une figure sage et bienveillante que comme cet archétype de la sorcière que les contes nous ont légué. Les sorcières se déplacent dans le froid polaire sur des branches de sapin, couvertes d'un simple voile de soie. Elles sentent le froid, mais le supportent, ce qui les rend plus humaines.

Serafina Ladakka vient en aide à Lyra, mais c'est surtout son oie-dæmon (car, contrairement aux humains, les sorcières peuvent s'en éloigner) qui lui révèle des informations essentielles, par exemple le lieu où se trouve la Station Expérimentale.

CLÉS DE LECTURE

À LA CROISÉE DES GENRES

Un roman fantasy

L'histoire se déroule dans un monde qui présente des nombreuses similarités avec le nôtre (notamment la géographie et le cadre de l'Angleterre victorienne). Toutefois, de nombreux éléments du merveilleux sont présents dès le début du livre (avec entre autres la présence des dæmons) ; et plus l'histoire avance, plus ces éléments seront présents (créatures imaginaires, sorcières, etc.).

Les Royaumes du Nord peuvent être classés dans le genre protéiforme de la fantasy : les éléments surnaturels et la magie font partie intégrante de l'univers des personnages (contrairement au genre fantastique, où le surnaturel, en faisant irruption dans le monde « réel », provoque l'angoisse).

Les sous-catégories des ouvrages de fantasy

Le classement des œuvres de fantasy peut être spécifié en fonction de différents critères. L'un d'eux est la nature du cadre spatio-temporel, particulièrement pertinent dans le cas des *Royaumes du Nord*. Marshall et coll. dans *Fantasy Literature* (1979) distinguent la **high Fantasy** de la **low Fantasy**.

Dans la **high fantasy**, les personnages évoluent exclusivement dans un monde imaginaire qui possède sa propre Histoire, sa propre géographie, ainsi que ses propres lois. L'atmosphère y est souvent féerique (*Le Seigneur des Anneaux*, par exemple).

On parle de **low Fantasy** pour caractériser les œuvres dans lesquelles l'intrigue se déroule dans un monde proche du monde réel et communique avec un autre monde, notamment grâce à des passages d'où le retour est parfois impossible.

Les Royaumes du Nord s'inscrivent donc dans la low fantasy : le monde de Lyra, bien qu'intégrant des éléments surnaturels (comme l'énergie ambarique, les dæmons, etc.), présente de grandes similitudes avec le nôtre : elle grandit à Oxford, passe quelques temps dans un Londres qui pourrait être celui de l'époque victorienne, avant de voyager vers la Laponie (le Grand Nord). Les éléments surnaturels y sont donc glissés « naturellement » dans un décor qui n'est pas d'emblée en rupture avec notre monde. Concernant le cadre temporel, aucun élément précis ne nous permet de dater la période où se déroule l'histoire.

Parallèlement à l'intrigue, se dessine l'existence d'un autre monde, visible seulement depuis le Grand Nord, pendant l'Aurore (aurore boréale) : une cité que Lyra rejoindra à la toute fin du roman.

Le *steampunk*

Le livre emprunte également à l'esthétique *steampunk* (plus particulièrement dans la première partie, qui se déroule en Angleterre).

Le *steampunk* (littéralement « punk à vapeur ») est un courant littéraire et cinématographique qui a habituellement pour décor l'Angleterre de la fin du XIXe siècle, époque de la première révolution industrielle. C'est un type d'uchronie (récit littéraire qui a pour principe la réécriture de l'histoire : le cadre historique est celui du monde réel, mais un évènement en diffère et entraine une série de conséquences fictives). Le *steampunk* a pour cadre un monde où les machines à vapeur et les mécanismes en métaux nobles (comme le cuivre ou le laiton) sont très présents. *La ligue des gentlemen extraordinaires* de Stephen Norrington (2003), adaptation cinématographique de la bande dessinée d'Alan Moore, est une œuvre emblématique de ce courant.

Le cadre spatio-temporel des *Royaumes du Nord* rappelle l'époque de l'Angleterre victorienne (style vestimentaire des personnages, rue d'Oxford sans voiture, foire aux chevaux, etc.). Certains objets, notamment l'aléthiomètre, qui ressemble à une grosse boussole en cuivre et en cristal, renvoient à ces outils imaginaires aux mécaniques apparentes, très présents dans l'univers *steampunk*. Si les machines à vapeur à proprement parler sont absentes du livre, le zeppelin de Mme Coulter et le ballon de Lee Scoresby constituent des éléments récurrents dans cet univers.

Un récit initiatique

Par ailleurs *Les Royaumes du Nord* (et plus encore la trilogie dans son ensemble) forment un récit initiatique – structure narrative fréquemment rencontrée dans les ouvrages de fantasy. Au début du livre, Lyra n'est encore qu'une enfant. Elle ne pense qu'à jouer, à braver les limites d'une autorité paternaliste représentée par les Érudits (ces « pères » qui semblent trop âgés pour vraiment s'intéresser à l'éducation de la jeune intrépide : le conflit des générations étant exacerbé, ils ne peuvent pas la comprendre). Au cours du roman, et plus encore à l'échelle de la trilogie, elle sera confrontée à une série d'obstacles qui la feront souffrir et évoluer. Elle affine son art de la ruse et du mensonge, qui n'est plus seulement destiné à justifier ses errements disciplinaires devant les Érudits comme au début du livre, mais lui permet d'élaborer des plans pour sauver des vies. Elle développera également des facultés extraordinaires d'intuition à travers la lecture de l'aléthiomètre.

Malgré les obstacles, elle ne recule pas, comme appelée par son destin. Elle se confrontera à la dure réalité, contre laquelle elle était protégée à

Jordan College : la vérité sur ses parents et sur le sort réservé aux enfants enlevés, l'impitoyable soif de pouvoir qui anime certains adultes, leur cruauté. En traversant ces épreuves, elle élargira son regard sur le monde. Elle en sortira moins naïve. À la fin du troisième tome, Pantalaimon prendra sa forme définitive, signe que l'héroïne entre dans l'âge adulte.

LE SCHÉMA NARRATIF

Les Royaumes du Nord suivent un schéma narratif relativement classique dans le genre du roman initiatique.

Situation initiale

Avec son meilleur ami Roger, Lyra erre dans la ville d'Oxford, à la recherche d'occasions de transgresser les interdits des austères Érudits de Jordan College. Dans la ville et dans ses alentours sévissent les Enfourneurs : un groupe mystérieux qui alimente toutes les légendes, car ils enlèvent des enfants. Un soir, cachée dans un placard, Lyra assiste à une réunion où elle apprend l'existence de la Poussière, une particule visible seulement depuis le Grand Nord. Elle voudrait suivre son oncle Lord Asriel qui y repart, mais celui-ci refuse de l'emmener.

Éléments perturbateurs

Roger se fait enlever par les Enfourneurs. Cet élément permet d'initier la quête de Lyra, qui se promet de retrouver son ami, mais agit davantage comme un levier narratif qui la mènera vers la découverte de l'objet de sa véritable quête : retrouver Lord Asriel.

Péripéties

- Apparait Mme Coulter. Lyra l'accompagne à Londres en devenant son assistante.
- Lyra décide de s'enfuir de chez Mme Coulter. Pourchassée, elle est sauvée par les gitans. Lyra embarque avec eux en direction du Nord.
- Lyra rencontre Iorek Byrnison, un ours privé de son armure, que la jeune fille retrouve. Iorek l'accompagne désormais.
- La caravane des gitans se fait attaquer, Lyra est capturée par des Samoyèdes qui la revendent aux Enfourneurs. Elle se retrouve à Bolvangar, la station Expérimentale où elle retrouve Roger.

- Elle réussit à s'échapper.
- Lyra est recueillie par Lee Scoresby. Ils s'envolent en direction de Svalbard.
- Une attaque de monstres des falaises fait chuter Lyra du ballon. Elle est capturée par les ours en armure et emmenée à Svalbard.
- Elle est faite prisonnière au royaume des ours.
- Elle parvient à organiser un combat entre le roi Iofur et Iorek. Le compagnon de Lyra qui gagne le combat.

Résolution

Après avoir vaincu Iofur, Iorek devient roi de Svalbard. Il accompagne Lyra pour délivrer Lord Asriel, qui étonnamment, ne se réjouit pas d'être libéré. Celui-ci ne veut pas de l'aléthiomètre.

Situation finale

Lord Asriel s'enfuit en enlevant Roger, qu'il tue pour pouvoir, grâce à une installation d'outils philosophiques, établir un pont vers l'autre monde. Lyra, désormais seule, suit son père de l'autre côté de l'Aurore.

En libérant Lord Asriel, Lyra, bien qu'aboutissant à l'objet de sa quête, semble faire une erreur. En effet, son père libéré, s'empresse de tuer Roger et prend la fuite à travers l'Aurore pour rejoindre l'autre monde. Mais ce rebondissement (en apparence un échec pour Lyra) va permettre à l'héroïne de découvrir l'autre monde, qui sera l'objet du deuxième volume de la trilogie.

LE SCHÉMA ACTANCIEL

Le schéma actanciel portant sur une action, nous prendrons comme modèle principal la quête de Lyra pour libérer Lord Asriel du royaume de Svalbard – la recherche de Roger pouvant n'être vue que comme une étape vers les retrouvailles avec l'Érudit (en effet, Roger est un personnage peu développé). Bien qu'elle précède, dans la chronologie du récit, la quête vers Svalbard, la recherche de l'ami disparu est secondaire du point de vue de l'intrigue.

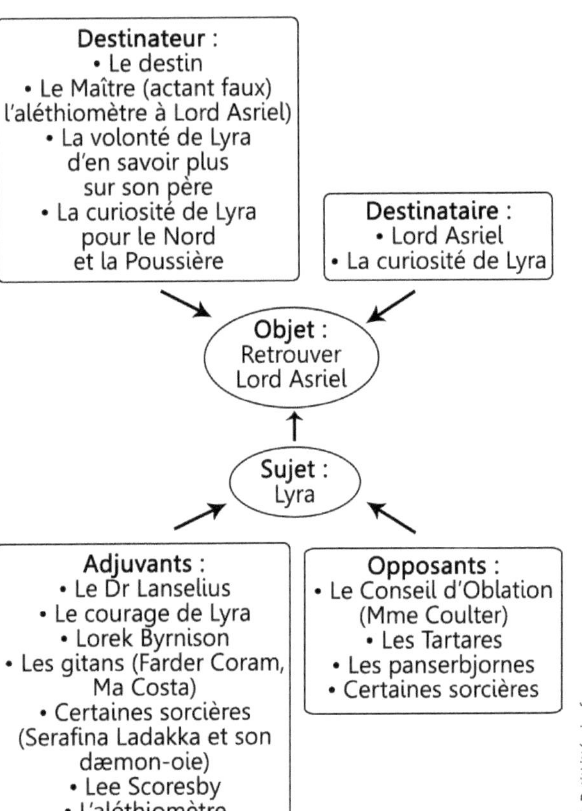

- Le « destin » : Lyra est promise à jouer un rôle capital dans le sort du monde (destinateur inconscient au personnage principal, qui est évoqué par le Maitre)

- Le Maitre, un actant « faux » (Greimas) : Lyra croit, à la suite d'une phrase interrompue, qu'elle doit remettre l'aléthiomètre à Lord Asriel. Le Maitre n'est donc pas « réellement » un actant, mais Lyra l'imagine comme tel.
- La volonté personnelle de Lyra d'en savoir plus sur son père (pour des raisons qui tiennent peut-être davantage à ce que Lord Asriel sait et pourrait lui apprendre qu'au lien affectif entre les deux protagonistes)
- La curiosité de Lyra pour le Grand Nord, la Poussière et l'Aurore.

Destinataires

- Lord Asriel, qui sera libéré
- Lyra, mais qui sera aussitôt déçue par son père

Adjuvants

- Le Dr Lanselius, qui lui donnera des informations précieuses
- Le courage de Lyra, et sa ruse
- Les gitans, qui la recueillent et l'emmènent vers le Nord
- Iorek Byrnison, l'ours qui la protège par sa force

- La sorcière Serafina Ladakka et son dæmon-oie
- Lee Scoresby qui la sauve avec son ballon
- L'aléthiomètre, qui lui révèle la vérité et lui permet entre autres de duper le roi de Svalbard

Opposants

- Mme Coulter, qui veut détourner Lyra pour l'utiliser comme appât afin de capturer d'autres enfants
- Le Conseil d'Oblation, qui enlève Lyra
- Les Tartares, qui attaquent le convoi des gitans
- Les ours en armure de Svalbard

LA QUESTION POLITICO-RELIGIEUSE : UN ROMAN HÉRÉTIQUE ?

En arrière-plan de sa trilogie, Philip Pullman élabore une « théologie » originale qui mêle philosophie, christianisme, physique quantique et univers parallèles. *Les Royaumes du Nord* exposent les fondements de cette « théologie ».

La polémique

À la sortie américaine de l'adaptation cinématographique du premier tome (*À la croisée des mondes : La boussole d'or*), les milieux chrétiens conservateurs (et particulièrement *The Catholic League for Religious and Civic Rights*) se sont manifestés, dénonçant ce film considéré comme hérétique qui vendrait « de l'athéisme aux enfants » (Noiville, F. « Qualifié d'antichrétien, l'écrivain Philip Pullman préfère en rire », *Le Monde* du 3 décembre 2007)

Antoine Gallimard, l'éditeur français de Philip Pullman, s'exprimait à ce propos (ibid.) :

> « Si l'on y trouve des questions métaphysiques, elles n'ont rien à voir avec les Évangiles. Elles sont le reflet d'une quête spirituelle familière aux enfants. Qui sommes-nous ? D'où venons-nous ? Qu'y a-t-il derrière le monde visible ? »

Qu'est-ce qui a donc tant dérangé les milieux catholiques ?

Le monde de Lyra est un monde dystopique (une dystopie est un récit de fiction qui a pour cadre une société totalitaire, laissant par conséquent peu de place à l'individu). On peut y lire une critique de l'organisation religieuse. L'ordre de la société est régi par une Église toute-puissante, dont le Magisterium constitue l'organe de répression. L'aspect répressif de ce système totalitaire porte moins sur les comportements des individus que sur un dogme clos qui empêche toute recherche, spirituelle ou scientifique, qui ne suivrait pas les canons théologiques imposés. S'opère un contrôle de la pensée qui a pour but de préserver un certain ordre du monde. La découverte de la Poussière constituant une menace pour l'Église, l'institution tente de garder secrète l'existence de la mystérieuse particule et des univers parallèles auxquels elle est liée. Dans le monde de Lyra, l'organisation politique est donc indissociable de la religion. Le *Magisterium* est une allégorie des enjeux de pouvoirs, des relations de rivalité, des secrets et des traîtrises courantes au sein de toute organisation politique et, *a fortiori*, de l'Église.

Par ailleurs, Pullman, comme il le fait avec la géographie, détourne l'Histoire : il mêle à son récit des noms de personnages historiques, mais pour les réinventer, brouillant ainsi les limites entre fiction et réalité, donnant un caractère uchronique à son roman. Par exemple, il fait de Jean Calvin, le grand réformateur, un pape, qui après avoir transféré le siège de la papauté à Genève, aurait mis en place la Cour Consistoriale, dont la mission est de lutter contre les hérétiques. À partir de ce moment (fictif), l'Église exerça un contrôle absolu sur le monde. À la mort de Jean Calvin, les divers collèges, conseils et universités se regroupèrent pour former le Magisterium, au sein duquel de nombreuses querelles éclatèrent.

Une réécriture du Péché originel

Le Conseil d'Oblation, que les enfants du monde de Lyra connaissent comme les « Enfourneurs », est un organe du Magisterium. Un de ses objectifs est de séparer les enfants de leur dæmon (à la manière des chanteurs castrats au XVIe siècle, qu'on castrait pour qu'ils ne muent pas) : ainsi, en grandissant, les enfants n'attireraient pas la Poussière.

Pourquoi les Enfourneurs pratiquent-ils une telle mutilation ?

Pullman, dans une réécriture d'un passage de l'Ancien Testament, fait dire à Lord Asriel : « À la sueur de ton front, tu mangeras ton pain, jusqu'à ce que tu retournes au sol, puisque tu en fus tiré. Car tu es poussière, et tu retourneras à la poussière » (p. 469). Selon le père de Lyra, le nom de « Poussière » aurait une origine biblique. Pullman va plus loin dans son adaptation de la Genèse : il réécrit une partie du mythe d'Adam et Ève, qui se termine comme suit :

> « Mais quand l'homme et la femme connurent leurs dæmons, ils comprirent qu'un grand changement s'était produit en eux, car jusqu'alors c'était comme s'ils ne formaient qu'un avec toutes les créatures de la terre et des airs, et il n'y avait aucune différence entre eux.
> Alors, ils virent cette différence, ils connurent le bien et le mal… » (p. 468)

L'enjeu de « connaitre son dæmon » dépasse donc la qualité de la relation entre l'humain et son alter ego animal. Ce « grand changement », c'est l'entrée dans l'âge adulte (moment auquel, rappelons-le, la forme du dæmon se fixe, où l'être humain peut donc le « connaître »). De cette « connaissance » (qui, dans la théologie de Pullman, est le péché originel) découle la réception de la Poussière (qui ne se dépose que sur les êtres « conscients ») : l'être humain, en entrant dans l'âge adulte, devient conscient, ce qui pour le Conseil d'Oblation représente une menace.

Les mondes parallèles

Dans le monde de Lyra, l'Église enseigne l'existence de deux mondes : celui de la matière et le monde spirituel (qui se répartit entre le Ciel et l'Enfer). Une fois encore, Pullman joue sur les frontières entre fiction et réalité, car cette dichotomie pourrait s'appliquer à l'Église réelle. Or, dans le roman, Barnard et Stokes, deux théologiens hérétiques, posent l'hypothèse de l'existence de nombreux mondes semblables à celui de Lyra, « ni ciel ni enfer, mais des mondes matériels, souillés par le péché (p. 46). Cette théorie, réfutée par l'Église, serait appuyée par les recherches en Théologie Expérimentale, menées entre autres par Lord Asriel. Le Maitre, en tentant, au début du roman, d'empoisonner l'explorateur, cherche ainsi à protéger le collège des accusations d'hérésies qui pourrait remettre en cause le soutien de leurs protecteurs (comme le Conseil d'Oblation). Jusqu'à Lord Asriel, personne ne pensait qu'il était possible de passer d'un monde à l'autre. Or, ses recherches l'amènent à penser qu'il est possible de le faire, ce que la fin du livre confirmera.

PISTES DE RÉFLEXION

QUELQUES QUESTIONS POUR APPROFONDIR SA RÉFLEXION...

- Qu'est-ce qui fait des *Royaumes du Nord* un roman initiatique ?
- En quoi les mondes parallèles constituent-ils un espoir contre le totalitarisme ?
- Faire le schéma actanciel de Iorek Byrnison dans sa conquête du royaume des ours.
- En quoi la structure du livre se rapproche-t-elle de celle du conte ?
- Comparer l'adaptation cinématographique et le roman.
- Phillip Pullman ne se considère pas comme un écrivain, mais comme un conteur d'histoires. Expliquez.
- Comment l'auteur brouille-t-il les repères entre réalité et fiction ?
- Comment comprendre que la forme des dæmons se fixe à l'âge adulte ?

Votre avis nous intéresse !
Laissez un commentaire sur le site de votre
librairie en ligne
et partagez vos coups de cœur sur les réseaux
sociaux !

POUR ALLER PLUS LOIN

ÉDITION DE RÉFÉRENCE

- PULLMAN P., *Les Royaumes du Nord. À la croisée des mondes – tome 1*, Paris, Gallimard, 2007.

ÉTUDES DE RÉFÉRENCE

- BAZIN L. « Mondes possibles, lendemains qui chantent ? Projections utopiques dans la littérature de jeunesse contemporaine », TRANS — [En ligne], 14 | 2012, mis en ligne le 24 juillet 2012, consulté le 01 octobre 2016. URL : http://trans.revues.org/567 ; DOI : 10.4000/trans.567
- HÉBERT L., « Le modèle actanciel », dans Louis Hébert (dir.), *Signo* [en ligne], Rimouski (Québec), 2006
- NOIVILLE F. « Qualifié d'antichrétien, l'écrivain Philip Pullman préfère en rire », *Le Monde* https://www.lemonde.fr/cinema/article/2007/12/03/qualifie-d-antichretien-l-ecrivain-philip-pullman-prefere-en-rire_985280_3476.html

ADAPTATIONS

- Bande dessinée : MELCHIOR-DURAND S., OUBRERIE C., *Les Royaumes du Nord, tome 1/3* Paris, Gallimard, 2014
- Adaptation cinématographique : WEITZ C., *À la croisée des mondes : La Boussole d'or* (titre original : *The Golden Compass*), 2007
- Feuilleton-radio : radio britannique BBC Radio 4, 2003
- Théâtre : HYTNER N., *His Dark Materials*, 2003
- Jeu vidéo : *À la croisée des mondes : La Boussole d'or*, SEGA, 2008

Retrouvez notre offre complète sur lePetitLittéraire.fr

- des fiches de lectures
- des commentaires littéraires
- des questionnaires de lecture
- des résumés

ANOUILH
- Antigone

AUSTEN
- Orgueil et Préjugés

BALZAC
- Eugénie Grandet
- Le Père Goriot
- Illusions perdues

BARJAVEL
- La Nuit des temps

BEAUMARCHAIS
- Le Mariage de Figaro

BECKETT
- En attendant Godot

BRETON
- Nadja

CAMUS
- La Peste
- Les Justes
- L'Étranger

CARRÈRE
- Limonov

CÉLINE
- Voyage au bout de la nuit

CERVANTÈS
- Don Quichotte de la Manche

CHATEAUBRIAND
- Mémoires d'outre-tombe

CHODERLOS DE LACLOS
- Les Liaisons dangereuses

CHRÉTIEN DE TROYES
- Yvain ou le Chevalier au lion

CHRISTIE
- Dix Petits Nègres

CLAUDEL
- La Petite Fille de Monsieur Linh
- Le Rapport de Brodeck

COELHO
- L'Alchimiste

CONAN DOYLE
- Le Chien des Baskerville

DAI SIJIE
- Balzac et la Petite Tailleuse chinoise

DE GAULLE
- Mémoires de guerre III. Le Salut. 1944-1946

DE VIGAN
- No et moi

DICKER
- La Vérité sur l'affaire Harry Quebert

DIDEROT
- Supplément au Voyage de Bougainville

MALRAUX
- La Condition humaine

MARIVAUX
- La Double Inconstance
- Le Jeu de l'amour et du hasard

MARTINEZ
- Du domaine des murmures

MAUPASSANT
- Boule de suif
- Le Horla
- Une vie

MAURIAC
- Le Nœud de vipères

MAURIAC
- Le Sagouin

MÉRIMÉE
- Tamango
- Colomba

MERLE
- La mort est mon métier

MOLIÈRE
- Le Misanthrope
- L'Avare
- Le Bourgeois gentilhomme

MONTAIGNE
- Essais

MORPURGO
- Le Roi Arthur

MUSSET
- Lorenzaccio

MUSSO
- Que serais-je sans toi ?

NOTHOMB
- Stupeur et Tremblements

ORWELL
- La Ferme des animaux
- 1984

PAGNOL
- La Gloire de mon père

PANCOL
- Les Yeux jaunes des crocodiles

PASCAL
- Pensées

PENNAC
- Au bonheur des ogres

POE
- La Chute de la maison Usher

PROUST
- Du côté de chez Swann

QUENEAU
- Zazie dans le métro

QUIGNARD
- Tous les matins du monde

RABELAIS
- Gargantua

RACINE
- Andromaque
- Britannicus
- Phèdre

ROUSSEAU
- Confessions

ROSTAND
- Cyrano de Bergerac

ROWLING
- Harry Potter à l'école des sor-
ciers

SAINT-EXUPÉRY
- Le Petit Prince
- Vol de nuit

SARTRE
- Huis clos
- La Nausée
- Les Mouches

SCHLINK
- Le Liseur

SCHMITT
- La Part de l'autre
- Oscar et la Dame rose

SEPULVEDA
- Le Vieux qui lisait des romans d'amour

SHAKESPEARE
- Roméo et Juliette

SIMENON
- Le Chien jaune

STEEMAN
- L'Assassin habite au 21

STEINBECK
- Des souris et des hommes

STENDHAL
- Le Rouge et le Noir

STEVENSON
- L'Île au trésor

SÜSKIND
- Le Parfum

TOLSTOÏ
- Anna Karénine

TOURNIER
- Vendredi ou la Vie sauvage

TOUSSAINT
- Fuir

UHLMAN
- L'Ami retrouvé

VERNE
- Le Tour du monde en 80 jours
- Vingt mille lieues sous les mers
- Voyage au centre de la terre

VIAN
- L'Écume des jours

VOLTAIRE
- Candide

WELLS
- La Guerre des mondes

YOURCENAR
- Mémoires d'Hadrien

ZOLA
- Au bonheur des dames
- L'Assommoir
- Germinal

ZWEIG
- Le Joueur d'échecs

www.lepetitlitteraire.fr

ISBN version numérique : 9782808014915
ISBN version papier : 9782808014922
Dépôt légal : D/2018/12603/506

Conception numérique : Primento,
le partenaire numérique des éditeurs.

Ce titre a été réalisé avec le soutien de la Fédération Wallonie-Bruxelles, Service général des Lettres et du Livre.